HARUKI MURAKAMI

―――― 9 stories ――――

HARUKI MURAKAMI 9 STORIES: BASUDEI GARU
by Haruki Murakami, Jc Deveney, PMGL
Copyright © 2018 Harukimurakami Archival Labyrinth, Jc Deveney, PMGL
All rights reserved.
Originally published in Japan by Switch Publishing Co., Ltd., Tokyo.
Korean translation rights arranged with Harukimurakami Archival Labyrinth,
Japan through THE SAKAI AGENCY and IMPRIMA KOREA AGENCY.

Korean translation copyright © 2023 Viche, an imprint of Gimm-Young Publishers, Inc.

이 책의 한국어판 저작권은 THE SAKAI AGENCY 와 임프리마 코리아 에이전시를 통한
Harukimurakami Archival Labyrinth 와의 독점 계약으로 비채에 있습니다.
저작권법에 의해 한국 내에서 보호를 받는 저작물이므로 무단전재와 무단복제를 금합니다.

버스데이 걸

무라카미 하루키 단편 만화선 #4

1판 1쇄 인쇄 2023년 9월 25일 | 1판 1쇄 발행 2023년 10월 30일

소설 | 무라카미 하루키
만화 | PMGL   각색 | Jc 드브니
옮긴이 | 양윤옥
펴낸이 | 고세규
편집 | 장선정 박규민   디자인 | 홍세연 유향주
마케팅 | 이헌영 박인지 정희윤   홍보 | 반재서 박상연

발행처 | 김영사
주소 | 경기도 파주시 문발로 197(문발동)   우편번호 | 10881
등록 | 1979년 5월 17일 (제406-2003-036호)
구입 문의 | 전화 031)955-3100   팩스 031)955-3111
편집부 | 전화 02)3668-3295   팩스 02)745-4827   전자우편 literature@gimmyoung.com
블로그 | blog.naver.com/viche_books
트위터 | @vichebook   인스타그램 | @drviche

ISBN | 978-89-349-4234-4 04830   978-89-349-4665-6 (세트)
책값은 뒤표지에 있습니다.

비채는 김영사의 문학 브랜드입니다.

JC Deveney & PMGL d'après Haruki Murakami

영수증

찌이익

필요가 없는 한, 입을 열지 않았다

분위기는 섬뜩할 만큼 딱딱해서

여보세요

찌링

찰스 디킨스의 《리틀 도릿》에 나오는 음울한 노부인처럼

레스토랑 개업 때부터 계속 그 자리에 앉아 있었다는 얘기가…

짜긋이

부아앙 부앙

배가 부딪혀 가라앉을 것 같았다

철썩철썩

밤바디에 둥실둥실 띄워두면

일러두기

모든 주는 옮긴이주입니다.
오른쪽에서 왼쪽으로, 위에서 아래로 읽도록 구성되어 있으며 이는 원서와 동일합니다.

HARUKI MURAKAMI

9 stories

무라카미 하루키 단편 만화선 #4

버스데이 걸

バースデイ・ガール

무라카미 하루키 소설　　PMGL 만화　　Jc 드브니 각색　　양윤옥 옮김